Pour Chloé,

Marie-Alice
NOV 18 -

À mes enfants, en souvenir des histoires au pays du Soleil Levant
et des poupées en papier découpé.
À Sarah-Méora, qui rêve de devenir illustratrice.

N. G.

À la mémoire de Christiane.

M.-A. H.

L'Odyssée de Kumiko

Nancy Guilbert
Marie-Alice Harel

Gautier • Languereau

Il était une fois, par-delà les lointaines collines, un empereur nommé Nintoku, extrêmement riche et puissant. Il était vénéré par tous les habitants du pays du Soleil Levant.

Son palais resplendissait et son jardin, rempli d'érables, de cerisiers et de magnolias blancs, était réputé pour être l'un des plus somptueux du monde.

Nintoku avait une fille unique nommée Kumiko. Il l'élevait seul depuis la disparition, des années auparavant, de sa femme, la douce impératrice Asuna.

Nul ne savait ce qu'elle était devenue. L'empereur avait cru que son cœur allait se briser : seule la présence de sa fille lui avait permis de surmonter cet immense chagrin.

Dès le lendemain, il avait ordonné que l'on monte la garde jour et nuit devant son palais, tant il craignait pour sa vie et pour celle de sa fille.

Depuis, Kumiko portait autour de son cou une amulette en nacre qui avait autrefois appartenu à sa mère, une petite tortue délicate qu'elle considérait comme son porte-bonheur.

L'empereur adorait sa fille, et sa beauté faisait sa fierté. Elle portait des kimonos brodés de dentelles, resserrés à la taille par des obis de soie, et de ravissantes geta. Kumiko ne tirait pas vanité de son teint nacré ni de ses yeux sombres comme le jais.

Malgré sa richesse et son rang, elle prêtait attention aux serviteurs et aux pauvres gens des villages alentour. Nintoku et Kumiko veillaient à ce que chacun ait de quoi se nourrir et se chauffer convenablement.

Malheureusement, Yamabushi, un puissant sorcier retiré en haut de la troisième montagne Noire, était profondément jaloux de l'empereur. Son cœur rongé par la cupidité souhaitait ardemment prendre le pouvoir.

Un soir de pluie torrentielle qui tordait les branches des pruniers, le sorcier Yamabushi, méconnaissable, pieds nus et vêtu d'une tunique rapiécée, se présenta au palais de l'empereur.

Les serviteurs prirent en pitié ce mendiant égaré et l'accueillirent avec bonté. Ils le conduisirent dans la grande salle, où ils lui offrirent les plats les plus raffinés, comme s'il était un invité de haut rang, car l'empereur traitait tous les hommes avec générosité.

Durant la nuit, Yamabushi déclencha un terrible ouragan à l'intérieur du palais.
Dans un tourbillon d'éclairs, il emporta Kumiko
et la jeta sur le sol d'une forêt, bien loin du palais.
La jeune impératrice perdit connaissance.

Lorsqu'elle ouvrit les yeux, Kumiko fut effrayée par les bruits étranges qui l'entouraient. Les ombres des arbres lui apparaissaient comme de dangereux guerriers. Elle se pelotonna dans son yukata et attendit patiemment que le matin se lève puis fit quelques pas vers le sentier le plus proche.

Une tortue, symbole de chance et de longévité, apparut alors devant elle.

« Ô Kumiko, fille de notre empereur vénéré, le sorcier Yamabushi t'a exilée ici en espérant ne plus jamais te revoir au palais. Il souhaite que ton père meure de chagrin afin de prendre sa place. Mes amies les grues blanches ont veillé sur toi pour qu'il ne t'arrive aucun mal lorsque tu as traversé le ciel. Pour l'instant, tu es en sécurité, car Yamabushi pense que tu es morte. »

Étonnée, Kumiko reconnut sur la carapace de la tortue les motifs qui ornaient son amulette.

« Je vous remercie chère tortue, répondit Kumiko. Comment puis-je faire pour retourner au palais et rassurer mon père ?
–Tu dois être courageuse, patiente et pleine d'astuce. Prête attention à tous les êtres vivants que tu rencontreras sur ta route puis va affronter ce sorcier maléfique qui vit en haut de la troisième montagne Noire.
–Je ne pourrai jamais le combattre, il est bien trop puissant ! protesta Kumiko.
–Ne crains rien, tu y arriveras, lui assura la tortue. Marche toujours dans la direction opposée à celle du Soleil et tu le trouveras. »

Réconfortée par ces paroles, Kumiko se mit en route.

Alors qu'elle enjambait une flaque d'eau, elle entendit des cris venir de la terre. En se penchant, elle aperçut une colonie de fourmis désespérées courant de tous les côtés. Elle s'agenouilla pour les écouter.

« Ô Kumiko, fille de notre empereur vénéré, viens-nous en aide ! La tempête de cette nuit a emporté notre logis, nous devons mettre nos œufs et nos provisions à l'abri ! »

La jeune fille réfléchit un instant, puis chercha autour d'elle. Elle installa des petits galets plats en guise de pont pour que les fourmis puissent traverser à sec.

Les insectes se rassemblèrent autour d'elle.
« Merci Kumiko ! En échange, voici une brindille.
Garde-la précieusement, car ses pouvoirs sont magiques. »

Kumiko les remercia à son tour et continua sa route.

Au moment où elle traversait un bosquet de bambous, des appels désespérés retentirent à ses oreilles. En se penchant au-dessus d'un trou, elle vit un tanuki au pelage recouvert de terre séchée.

« Ô Kumiko, fille de notre empereur vénéré, viens-moi en aide ! Je suis tombé dans ce fossé que des braconniers ont creusé, et je ne peux pas m'en libérer ! »

La jeune fille fut profondément indignée en voyant ce malheureux tanuki privé de sa liberté. Elle s'approcha d'un érable et tressa rapidement une corde de branches souples. Le tanuki s'en saisit et rejoignit le sol, sain et sauf.

Il frotta son museau dans la main de la jeune impératrice : « Merci Kumiko ! En échange, voici l'une de mes griffes. Garde-la précieusement, car ses pouvoirs sont magiques. »

Après l'avoir remercié, la jeune fille arriva près d'une chute d'eau impressionnante. Malgré le vacarme, elle distingua un appel au secours. C'était celui d'un dragon en train de se noyer.

« Ô Kumiko, fille de notre empereur vénéré, viens-moi en aide ! Ma patte est prisonnière d'un rocher et m'entraîne vers le fond de la cascade. »

N'écoutant que son cœur, la jeune fille entra dans l'eau jusqu'à la taille et aida le dragon à détacher sa patte. Ce dernier inclina respectueusement la tête.

« Merci Kumiko ! En échange, voici l'une de mes écailles. Garde-la précieusement, car ses pouvoirs sont magiques. »

La jeune fille reprit sa route. Au fur et à mesure, le paysage se transformait et devenait de plus en plus effrayant. Tout semblait immobile, comme pétrifié. Kumiko frissonna. Elle repensa aux conseils de la tortue et serra l'amulette dans sa main.

De loin, elle aperçut la demeure du sorcier. Elle inspira profondément pour se donner du courage et commença à escalader la première montagne. Celle-ci se mit à trembler, et la voix de Yamabushi résonna comme un coup de tonnerre.

«Est-ce toi, Kumiko, fille de l'empereur, qui ose venir ici me défier?
–Oui, c'est bien moi!
–Voyons si tu sauras résister à mon terrible samouraï!»

Devant Kumiko surgit Asataro-le-cruel. Il portait un kimono noir serré par une ceinture couleur de sang. Son visage féroce était défiguré par de profondes cicatrices. Menaçant, il se mit en position de combat.

La jeune fille se souvint des paroles des fourmis. Elle saisit la brindille qui se transforma en un sabre couleur de feu.

En le voyant, Asataro prit peur et se mit à trembler.
«Ne me tue pas, ô Kumiko, fille de l'empereur!
–Va-t'en, Asataro, et ne reviens plus jamais!»

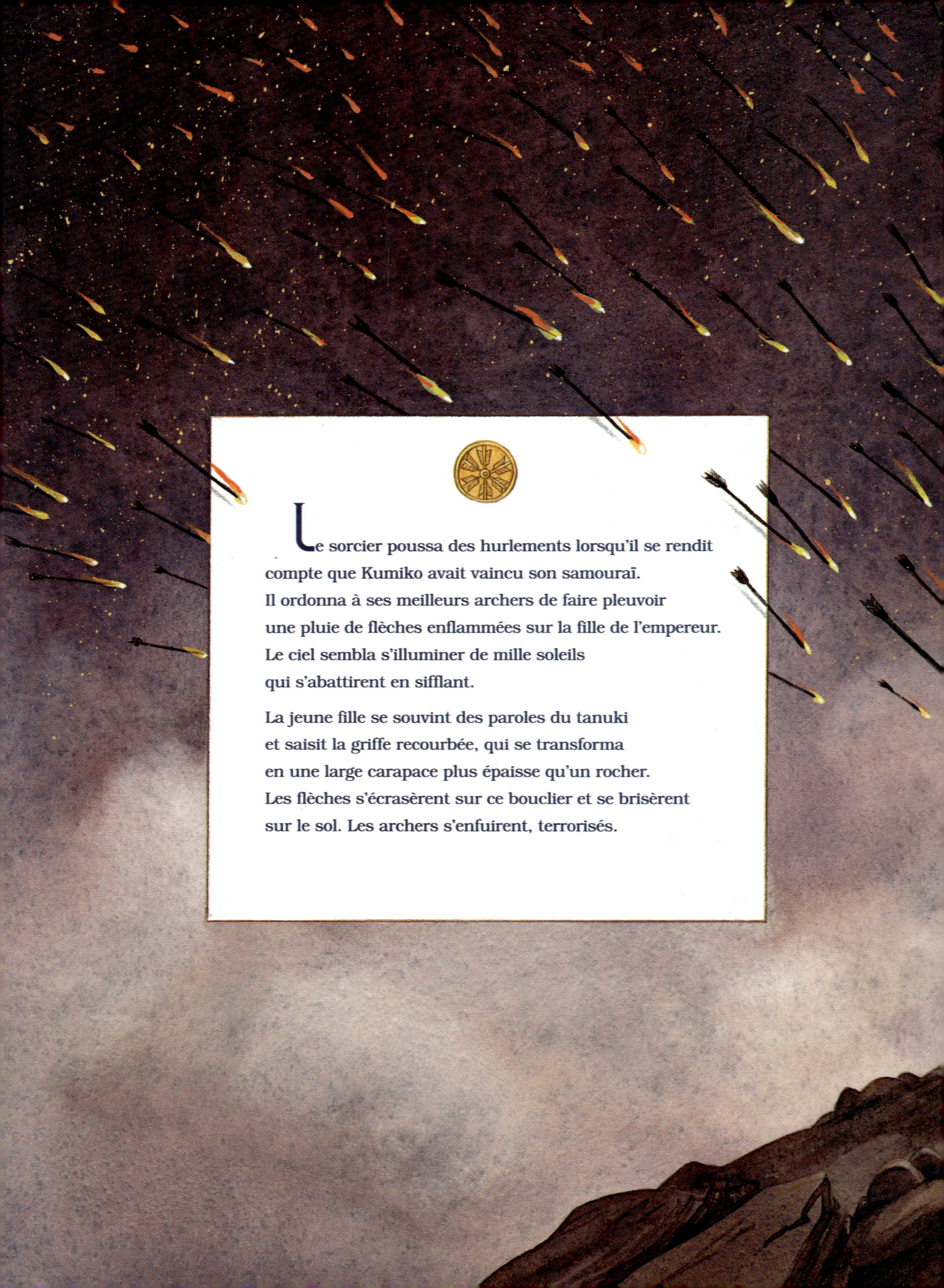

Le sorcier poussa des hurlements lorsqu'il se rendit compte que Kumiko avait vaincu son samouraï. Il ordonna à ses meilleurs archers de faire pleuvoir une pluie de flèches enflammées sur la fille de l'empereur. Le ciel sembla s'illuminer de mille soleils qui s'abattirent en sifflant.

La jeune fille se souvint des paroles du tanuki et saisit la griffe recourbée, qui se transforma en une large carapace plus épaisse qu'un rocher. Les flèches s'écrasèrent sur ce bouclier et se brisèrent sur le sol. Les archers s'enfuirent, terrorisés.

Yamabushi était si profondément en colère qu'il décida d'intervenir lui-même. Il apparut devant Kumiko, sa cape sombre battant l'air autour de lui.

« Puissiez-vous disparaître en fumée, toi, ton père et ton palais ! » vociféra-t-il.

Malgré sa terreur, Kumiko se souvint des paroles du dragon et saisit l'écaille, qu'elle brandit face au sorcier.
Les paroles ricochèrent sur l'écaille comme sur la surface d'un miroir et frappèrent en retour l'ennemi de l'empereur.

En un instant, il disparut, ainsi que sa demeure, dans un nuage de fumée noirâtre. Toutes les créatures que le sorcier avait ensorcelées reprirent forme humaine.

Les arbres déplièrent leurs branches et se couvrirent de bourgeons. L'herbe habilla les flancs desséchés des montagnes. Les fleurs réapparurent comme par magie et la rivière fit entendre son clapotis.

Une jeune femme splendide apparut aux côtés de Kumiko, qui la reconnut instantanément : elle contemplait ce sourire tous les jours sur les portraits qui ornaient les murs du palais.

« Mère ! Suis-je en train de rêver ?

– Non, ma vaillante Kumiko ! Le sorcier m'avait ensorcelée et transformée en tortue, celle que tu as rencontrée dans la forêt. Je ne pouvais te venir en aide, mais j'ai guidé tes choix, et grâce à ton courage, tu m'as délivrée. »

Kumiko et l'impératrice se jetèrent dans les bras l'une de l'autre. Elles avaient tant de choses à se dire !

Les grues blanches proposèrent de les emmener au palais. Impatientes de rentrer, l'impératrice et la princesse s'envolèrent au-delà des nuages, et peu de temps après, franchirent les portes de leur demeure.

L'empereur Nintoku les serra contre lui, profondément heureux de retrouver celles qu'il croyait perdues à jamais. Kumiko raconta à ses parents les épreuves qu'elle avait traversées, et ses exploits furent consignés dans le Grand Livre des Mémoires impériales.

Depuis lors, le dixième jour du printemps, a lieu la fête des Tortues au pays du Soleil Levant.

Les jeunes filles, revêtues de kimonos brodés de coquilles de nacre, et les jeunes hommes, portant des boucliers en forme de carapaces, dansent pendant sept jours et sept nuits au son des shamisens pour célébrer la mémoire de Kumiko.

Directeur : Sarah Koegler-Jacquet
Directrice éditoriale : Brigitte Leblanc
Éditrices : Juliette Spiteri et Charlotte Pouhet,
assistées d'Albane Destrez
Responsable artistique : Solène Lavand
Fabrication : Virginie Vassart-Cugini
Lecture-correction : Myriam Blanc

58, rue Jean Bleuzen – CS 70007 – 92178 Vanves
ISBN : 978-2-01-702518-4 - Dépôt légal : novembre 2018 – Édition 01
Imprimé en France par Pollina - 86043. Achevé d'imprimer en novembre 2018.
Loi n° 49-956 du 16 juillet 1949 sur les publications destinées à la jeunesse.

PAPIER À BASE DE FIBRES CERTIFIÉES

Gautier-Languereau
s'engage pour l'environnement en réduisant l'empreinte carbone de ses livres.
Celle de cet exemplaire est de :
450 g éq. CO_2
Rendez-vous sur www.gautier-languereau-durable.fr